COLLECTION

BREAKING FAKE NEWS

GÉRALD SERAI

BREAKING FAKE NEWS #5

Saison 3 – Volume 1

Édition : BoD - Books on Demand, info@bod.fr
Impression : BoD – Books on Demand,
In de Tarpen 42, Norderstedt (Allemagne)
Impression à la demande
ISBN : 978-2-3224-8363-1
Dépôt légal : juillet 2023

Les chansons parodiques,
revues de presse décalées,
mèmes et détournements vidéos
de Gérald SERAI sont à retrouver
sur sa chaîne YouTube !

https://youtube.com/geraldserai

Tout son univers et son actualité sur:
geraldserai.fr

BIBLIOGRAPHIE DE GÉRALD SERAI

- *Breaking Fake News #1 : (Saison 1 – Volume 1)*
  Décembre 2021

- *Breaking Fake News#2 : (Saison 1 – Volume 2)*
  Juillet 2022

- *Breaking Fake News #3 : (Saison 2 – Volume 1)*
  Octobre 2022

- *Breaking Fake News #4 : (Saison 2 – Volume 2)*
  Décembre 2022

L'humour ne se résigne pas, il défie.

Sigmund FREUD.

CULTURE, HISTOIRE
& INTERNATIONAL

- Plusieurs dirigeants de l'UE, ont déploré la victoire de Fratelli d'Italia.

  Alors qu'elle n'est pas encore Première Ministre, ils ne l'appellent déjà plus Giorgia, mais l'honnie !

- Plus de 35 morts, dont une majorité d'enfants, au cours d'une fusillade dans une crèche du nord de la Thaïlande.

  Hélas, en Thaïlande, les enfants se font souvent tirer...

- Vladimir Poutine prône aussi la sobriété énergétique.

  Il appelle au cessez-le-feu !

- Angela Lansbury, l'enquêtrice hors-pair de la série Arabesque, est morte.

  Pour les turbines Arabelle, ça fait longtemps qu'elles sont mortes, et on connaît le coupable : Macron !

- En Chine, Tang Yu, le premier robot PDG a pris son poste.

  Si c'est pour avoir des patrons dotés d'aucune humanité, on était beaucoup plus en avance en France.

  On avait déjà depuis bien longtemps Vincent Bolloré et Didier Lombard !

- Haris Niemann, jeune prodige américain des échecs, a reconnu avoir triché à de très nombreuses reprises, au moyen d'un plug anal connecté.

  C'est pour cela qu'en cas d'échec on dit: " l'avoir dans le cul " ?

- En Angleterre, après la démission de la Première Ministre, voilà ce qui se dit chez les Conservateurs :

  "Pour 44 petits jours au pouvoir, ce n'était pas la peine qu'on élise Truss !"

- Départ de Liz Truss.

  Dernièrement en Angleterre, ça dégage sévère chez les Elizabeth !

- Dans le cadre de la sobriété énergétique, le nouveau Ministre Italien de l'Environnement prône la douche à plusieurs :

  "C'est ma solution, au final !"

- Alors qu'il est mort à 102 ans, c'est voir tout en noir de dire de Pierre était sous l'âge de l'espérance de vie.

- Le Président Chinois a fait expulser son prédécesseur manu militari du 20ème Congrès du PC Chinois :

  "Allez hue Jintao !"

- Comme en Angleterre, la nomination de Rishi Sunak suscite des propos racistes en France :

  "J'espère qu'aux foyers Sunak ôtera un poids financier par ses réformes !"

- Depuis que le Président Xi Jinping a fait expulser son prédécesseur du congrès annuel du parti communiste chinois il y a huit jours, on est sans nouvelles de ce dernier.

  Ce qui ne manque pas de susciter des interrogations :

  "Il est où Jintao ?"

- Des militants écologistes ont entarté la statue du Roi Charles III chez Madame Tussauds.

  Ces débiles n'ont rien compris quand on leur a dit de s'attaquer au statut du Sire…

- 151 morts et 89 blessés lors d'une bousculade à une soirée d'Halloween à Séoul.

  Et le bilan ne cesse de s'alourdir en Corée encore…

- En Angleterre, la situation économique est telle, que plus d'un anglais sur deux saute un repas par jour.

  En même temps quand on connaît la bouffe anglaise…

- Avant de quitter la ville, l'armée russe aurait torturé à l'électricité des habitants de Kherson.

  Qu'ils ne respectent pas les conventions de Genève, passe encore.

  Mais ils auraient au moins pu écouter les consignes de sobriété du Gouvernement et y aller mollo: je baisse, j'éteins, je décale…

- François Braun, le Ministre de la Santé, dit enfin avoir trouvé la cause de l'engorgement actuel de nos hôpitaux :

  "C'est à cause de tous les blessés de l'Équipe de France de football !"

- Les Députés Européens ont adopté la résolution reconnaissant la Russie comme un "état soutenant le terrorisme".

  Bien partis comme ils étaient, c'est dommage qu'ils n'aient pas continué avec le Qatar, l'Arabie Saoudite, les États-Unis…

- Vladimir Poutine a fait adopter par la Douma une loi visant à "interdire toute propagande LGBT".

  C'est sûr, ce qui se passe en Ukraine n'est pas gai…

- En visite aux États-Unis, Emmanuel Macron a déclaré que Français et Américains devaient "redevenir frères d'armes".

  Pour jouer à la roulette russe ?

- En Iran, le procureur général a annoncé la fin des "patrouilles de la guidance islamique".

  C'est une bonne nouvelle quand on Persépolis des mœurs.

- Vladimir Poutine a fait modifier la loi afin de pouvoir mobiliser des détenus et les envoyer combattre en Ukraine :

  "Ce sera encore mieux que le Koh-Lanta de Fresnes !"

- Visite d'État d'Emmanuel Macron aux États-Unis :

  Si c'était pour nous dire que celui de Joe Biden est mauvais, on le savait déjà !

- Francky Vincent a été nommé Chevalier des Arts et des Lettres.

  Et vous allez voir qu'il va finir au Panthéon :

  "Entre ici Francky, c'est bon !"

- On dit que le restaurant tenu par des détenus des Baumetttes est le premier du genre.

  C'est inexact.

  Déjà à son époque, Landru cuisinait.

  Et au feu de bois, s'il vous plaît !

L'AFRIQUE, C'EST CHIC !
Que va faire Emmanuel Macron en Afrique centrale pendant son voyage de quatre jours ?
JE VAIS CHERCHER LES VALISES !
JE L'ENVOIE EN COLONIES !
geraldserai.fr

- À partir d'aujourd'hui, et jusqu'à la fin décembre, il y aura des grèves massives au Royaume- Uni, face à une inflation qui atteindra bientôt 13%:

  "Maintenant des choses, y'en a des tas d'chères !"

- Interrogée par les enquêteurs sur sa corruption par le Qatar, l'ex-Vice-Présidente du Parlement Européen, Éva Kaïlí, minaude.

- Lu dans la presse :

  "Vladimir Poutine a promulgué une loi interdisant les manifestations devant les lieux publics."

  Il a peur qu'il y ait trop de monde à ses funérailles ?

- Annie Ernaux, prix Nobel de littérature, a déclaré :

  "J'écris pour venger ma race et venger mon sexe."

  C'est marrant comme les mauvais écrivains se cherchent toujours des excuses.

- Après que la police belge ait retrouvé un sac contenant 150.000 euros, supposément qataris, au domicile de la Vice-Présidente du Parlement Européen Éva Kaïlí, Nicolas Sarkozy a déposé plainte pour vol après avoir formellement reconnu l'objet.

- Biden a reçu Zelensky à la Maison Blanche.

  Là, ça sent la "peace" !

- Depuis sa démission du poste de Premier Ministre, Boris Johnson a déjà touché plus d'un million d'euros pour des discours.

  Ça ne le change pas trop, il reste payé pour dire des conneries.

- Je n'ai pas suivi tout ce qui s'est passé, mais je trouve les Kurdes distants...

- Grâce aux achats français et italiens d'hydrocarbures, l'Algérie a pu passer de nouvelles commandes massives d'armes auprès de la Russie.

  Heureusement qu'il y a un embargo sur le gaz et le pétrole russes pour éviter que la Russie ne finance la guerre en Ukraine via des ventes d'hydrocarbures...

- À 74 ans, la chanteuse Linda de Suza s'en est allée.

  En même temps, ça faisait longtemps que sa valise en carton était prête...

- Le Gouvernement Japonais a demandé aux jeunes de l'aider à relancer la consommation d'alcool.

  Parce qu'ils ne peuvent plus le saké ?

- Un missile anti-aérien ukrainien s'est écrasé en Biélorussie.

  Bilan, une centaine de morts...parmi les pommes de terre !

- Depuis le début de la guerre en Ukraine, une nouvelle épidémie sévit en Russie.

  La mort d'oligarques par suicide accidentel !

- Aux États-Unis la pagaille est telle au Congrès, que les Républicains ont été incapables d'élire leur nouveau "speaker".

  Leur candidat, Kevin McCarthy, se disant même victime d'une véritable chasse aux sorcières...

- Au Royaume-Uni, il y a entre 300 et 400 morts par semaine aux urgences.

  Déjà qu'ils conduisent à gauche, ils y passent aussi l'arme .

- Comme disaient les détracteurs de Goering :

  "C'est une daube Hermann !"

- Mort de Lollobrigida à 95 ans :

  Même avec de la peau d'orange, Gina, tout le monde voulait la secouer !

- Joe Biden s'explique sur les documents confidentiels retrouvés dans plusieurs pièces de ses résidences privées :

  "Il me faut toujours du papier à portée de main en cas de fuite !"

- En Allemagne, Greta Thunberg a été arrêtée lors d'une manifestation d'activistes écologiques.

  Elle avait sa mine des mauvais jours après s'est fait Asperger de gaz au poivre par les forces de l'ordre.

- La prochaine COP aura lieu à Dubaï.

  Quand on voit les tenues des influenceuses qui y vivent, on constate en effet un vrai problème de réchauffement climatique…

- Pour la première fois depuis 60 ans, la Chine, pays le plus peuplé au monde, a vu sa population baisser en 2022.

  Mais s'ils ne font plus d'enfants, qui est-ce qu'ils vont exploiter dans les usines ?

- Lu dans la presse :

  "À 64 ans, Madonna reviendra à Paris pour 3 concerts."

  C'est pour valider ses droits à la retraite ?

- Au Soudan du Sud, 6 journalistes ont été arrêtés après la diffusion d'une vidéo montrant le Président du pays s'urinant dessus.

  Le journalisme, quelle dure éthique !

- Huguette a quitté la scène…de ménage.

  Pour Marion, c'est Game Over

- Aux États-Unis, la droite conservatrice a fait retirer les personnages M&M's féminins en criant au wokisme et au prosélytisme lesbien.

  Et le beurre de cacahuètes, c'est du lobbying gay ?

- Michel Houellebecq est à l'affiche d'un film porno.

  Après Astérix et Obélix, lui aussi nous fait un film sur la gaule !

- Philippe Tesson nous a quittés.

  Il est parti rejoindre Romain Bouteille ?

- Séisme en Turquie :

  En plus de cette catastrophe, cela fait déjà des années que leur président complètement secoué, Recep Tayyip Erdogan fait trembler le pays.

- Le film Titanic a 25 ans.

  Il est déjà trop vieux pour Di Caprio !

- Vladimir Poutine analyse la réforme des retraites, de Russie :

  "Les Français sont des grognards !"

- Lu dans la Presse :

  "Un attentat par arme à feu a été déjoué samedi soir lors de l'élection de Miss Belgique."

  En même temps, quand tu passes ta soirée à regarder des jolies filles, t'as envie de tirer !

- Lu dans la presse :

  "La Reine consort Camilla portera la couronne de la reine Mary lors du couronnement de Charles III".

  Ça la changera des cornes…

- Belgique :

  Le président de la NVA, Bart De Wever, se dit prêt à imposer l'indépendance de la Flandre y compris par des moyens "extra-légaux".

  Le voilà pris en Flamand délit de fouler le droit au pied en voulant la faire à l'Anvers !

- L'Espagne devient le premier pays d'Europe à voter un congé menstruel.

  Reste plus qu'à en fixer les règles !

- Bruce Willis est atteint de dégénérescence fronto-temporale.

  Déjà dans ses films, ça dégénérait toujours…

  Prions juste pour que ce ne soit pas déjà une Demi-Mort cérébrale !

- En Espagne, il est désormais possible de changer de genre dès 16 ans, sur simple déclaration à l'État Civil.

  Et ce n'est pas le synopsis du nouveau film d'Almodóvar !

- Aux États-Unis, une infirmière a amputé le pied d'un patient sans son consentement.

  Ils sont pourtant nombreux ceux qui fantasment de prendre leur pied avec une infirmière !

- La Première Ministre écossaise Nicola Sturgeon a démissionné.

  Les Sturgeon sont vraiment une espèce en voie de disparition !

- En visite dans la capitale ukrainienne, Joe Biden n'a pas manqué de s'interroger sur le conflit :

  "C'est qui Ève ?"

- Sur les réseaux sociaux, l'ex-Président Trump a annoncé qu'il allait être arrêté.

  Donald a vendu la mèche !

- Aux États-Unis, le patient amputé d'un pied sans son consentement, par une infirmière qui voulait l'exposer dans la vitrine du magasin de taxidermie de ses parents, est mort.

  Il faut qu'elle empaille les conséquences !

- Lu dans la presse :

  "Catastrophe ferroviaire en Grèce où deux trains sont entrés en collision frontale."

  D'habitude, là-bas, c'est plutôt l'arrière-train...

- Le Président du Jury du Festival de Cannes 2023, Ruben Östlund, veut un jury de choc :

  "Va falloir se sortir les Suédois du cul !"

- Après la polémique suscitée par la pension de retraite de son père à 13.000€ mensuels, le Premier Ministre belge a tenu à réagir :

  "C'est normal, le père De Croo, il se décarcasse !"

- Vladimir Poutine ne craint pas de comparaître devant la Cour Pénale Internationale.

  Sosies expliquent cela !

- Dommage que Charles III ne soit pas venu à Paris.

  On avait pensé à tout pour l'accueillir...

  Les odeurs de poubelles lui auraient rappelé la bouffe anglaise !

23

DSK

- Pour commémorer le premier traitement d'un patient à la pénicilline, le 12 février 1941, DSK est impatient de traiter au pénis Céline.

- DSK rend hommage à Richard Wagner, décédé le 13 février 1883 :

  "Après une bonne chevauchée, v'là l' Kiri ! "

- Comme souvent, DSK fait coup double aujourd'hui.

  Il rend hommage à Darry Cowl, disparu il y a 17 ans, et fête la Saint-Valentin.

  En regardant le Tripoteur !

- L'idée ded transplantations du porc à l'être humain a été inspirée par un français.

  Oui, si on avait laissé faire DSK, on aurait eu ce porc dans chaque femme.

- DSK n'a pas participé à la marche contre la vie chère.

  Mais il sera bien présent à celle pour son cher vit.

- Avis aux amatrices, après Elon Musk pour Twitter, DSK aussi a annoncé que son petit oiseau était libre !

- DSK rend hommage à un autre pervers mais qui, lui, a réussi à se faire élire Président de la République le 3 décembre 1887.

  Sadique Carnot !

- DSK se dit peiné par la fermeture d'une célèbre enseigne française de chaussures :

  "Sans Marina, je ne prends plus mon pied …"

- Les grévistes contre la réforme des retraites ont reçu l'étonnant soutien de DSK :

  "Hmmm, la France à la raie, j'adore !

  Une bonne introduction à la journée de la femme…"

- DSK souhaite un joyeux anniversaire à Sade.

  La chanteuse !

- Le distributeur d'un bureau de poste de Sarcelles a été braqué à l'explosif.

  Un truc qui saute, et à Sarcelles, DSK va encore être suspecté !

FAITS DIVERS ET VARIÉS

• Lu dans la presse :

"Les Résidents des EHPAD Orpéa se mobilisent contre leurs conditions de vie. "

Feront-ils la grève de la fin ?

• Les tarifs des garagistes ne cessent de grimper.

Mais de qui s' mousqueton ?!

• Arrêté par la police belge, l'Imam Iquioussen a demandé son expulsion immédiate en direction du Maroc :

"Je ne veux pas rester en Belgique, on s'gèle là-bas !"

• Lu dans la presse :

"La nouvelle arnaque aux avis de passage fait de nombreuses victimes."

C'est pourtant facile à déceler, la plupart des facteurs n'en laissent pas !

• Sur Terre, nous serons bientôt 8 milliards d'Abittan.

Comme Ary, on ne cesse de se reproduire !

• Enedis pourra couper certains ballons d'eau chaude et chauffages à distance.

On est passé du compteur Linky au compteur Niquequi !

• Procès du vol Rio-Paris :

Même 13 ans après, il semble encore un Pitot pour savoir ce qui s'est réellement passé.

- La Commission de Régulation de l'Énergie a confirmé que les réserves de gaz françaises étaient bien pleines.

  Dommage qu'on ne puisse plus se permettre d'en consommer…

- Les salariés de Total et d'Exxon poursuivent leurs grèves et leurs blocages des raffineries, réclamant toujours leur part des bénéfices engrangés par leurs employeurs :

  "On veut plus de carbure, rend !"

- Grâce à un nouveau montage fiscal, la plus célèbre des plateformes de VTC passe encore entre les mailles des impôts français.

  Avec un peu d'Uber, ça passe toujours mieux le fisc fucking !

- Le jardinier marocain condamné pour le meurtre de Ghislaine Marchal réagit au second rejet de sa demande de révision :

  "Omar d'alors !"

- Un Strasbourgeois réagit aux restrictions mises en place par la municipalité écologiste concernant le marché de Noël :

  "Ma maire veut supprimer Noël !"

- Un sous-marin russe a été repéré en Bretagne.

  Quand ils ont vu les nez rouges et senti les vapeurs d'alcool, les sous-mariniers se sont crus déjà arrivés en Russie !

- En parlant de révision pour Omar Raddad, c'est plutôt ceux qui ont écrit "Omar m'a tuer" qui auraient dû réviser leur grammaire !

- Dans les Côtes d'Armor, une femme a été tuée par son mari chasseur lors d'une battue au sanglier.

  Le dernier coup qu'il lui aura mis aura été fatal.

- Lu dans la presse :

  "Les tarifs des garagistes continuent de s'envoler."

  La voiture volante c'est pas pour demain, mais la voiture voleuse, c'est plus que jamais !

- Une femme et ses deux enfants ont été blessés par un chasseur qui dit avoir été ébloui par le soleil :

  "Je te l'avais dit René qu'ouvrir une troisième bouteille de soleil n'était pas une bonne idée !"

- Le FSB se justifie après avoir utilisé Le Bon Coin pour recruter des Français susceptibles de pouvoir lui fournir des informations :

  "L'occasion s'est présentée…"

- Ce qui est pratique avec les intempéries dans le Nord, c'est que l'on ne voit pas trop la différence entre avant et après…

- Petit conseil à tous les élèves de 3ème qui n'ont pas encore trouvé leur stage en entreprise.

  Envoyez vos candidatures à Jean-Marc Morandini, vous êtes sûrs d'être pris !

- Histoire belge :

  La Justice belge refuse de remettre à la France l'Imam Iquioussen que cette dernière voulait expulser de son territoire.

  Parfait amis Belges, gardez-le !

- Face à la pénurie de lits en pédiatrie, Jean-Marc Morandini propose d'ouvrir le sien…

- Le Parlement Européen se félicite d'avoir enfin voté pour le chargeur unique :

  "On tient le bon embout !"

- C'est un véritable embouteillage de Russes sur le Bon Coin.

  Entre les services secrets qui cherchent à recruter et les mobilisés qui doivent acheter leurs équipements…

- La recherche médicale permet désormais de réanimer des organes morts.

  Une lueur d'espoir pour le cerveau de nos jeunes générations !

- Chez Singapore Airlines, les hôtesses de l'air enceintes ne seront plus licenciées.

  Pour satisfaire leur libido de femme enceinte, elles pourront continuer de s'envoyer en l'air !

- Les deux tiers des salariées sont favorables à la mise en place d'un congé menstruel.

  Du côté des patrons, ils ne semblent pas favorables à la mise en place de nouvelles règles.

- Lu dans la Presse :

  "La pénurie de riz sévit dans les rayons français."

  Mais que fait Bernard Kouchner ?!

- À Paris, un prêtre a été mis en examen et écroué après avoir drogué et violé un adolescent de 15 ans.

  La religion, c'est vraiment l'opium du popol !

- Renaud a retrouvé l'amour auprès de sa nouvelle compagne :

  "Quand Cerise m' appelle mon chéri, je me sens comme dans une aut' vie !"

- Le Pape François a renouvelé son message contre la pédophilie :

  "Aime ton prochain…mais avant, demande la permission à ses parents !"

- Chaque année, en France, 600.000 voitures d'occasion seraient vendues avec un compteur falsifié.

  Les meilleurs conteurs restant bien sûr les vendeurs de voiture…

- Milliardaires :

  Bolloré le Breton est-il plus con qu'Arnaud ?

- Gad Elmaleh sort aujourd'hui un nouveau film dont il signe le scénario, la réalisation et dans lequel il joue.

  Comme d'habitude, tout est de lui…sauf les vannes !

- 48 hommes ont été interpellés en France et placés en garde à vue pour consultation massive de contenus pédopornographiques.

  Qui a dit qu'en France, les hommes ne s'occupaient pas des enfants ?

- La grève des laboratoires va se poursuivre.

  N'oubliez pas que vous avez la possibilité d'adresser vos prélèvements aux chaînes infos.

  Elles analysent tout et n'importe quoi.

- Encore un tableau vandalisé par des activistes écologiques, cette fois-ci à Vienne :

  «Nous sommes contre la Klimt !»

- RTE a alerté sur un risque élevé de tensions sur le réseau en janvier.

  Chez Twitter, c'est déjà le cas !

- Débat sur l'interdiction de la corrida :

  Tradition ou pas, seuls les tarés adorent !

- Pédopornographie : mis en cause, un maire de Côte d'Or a reconnu une partie des faits :

  "À Dijon, on aime les moutards !"

- La mère de Jonathann Daval a révélé qu'en prison, son fils s'entend très bien avec Guy Georges :

  "Ils tuent le temps ensemble."

- Pédopornographie: un maire de Côte d'Or a reconnu les faits :

  "En Côte d'Or, ça nous connaît la turbine à chocolat !"

- La mère de Jonathann Daval persiste et signe :

  "Tout se passe bien pour lui, il s'entend bien avec ses compagnons d'activités de la prison d'Ensisheim: Guy Georges, Francis Heaulme et Nordahl Lelandais."

  Lui qui joue en amateur, il doit avoir des étoiles plein les yeux devant les Harlem Globe Trotters, ou les Messi, Neymar, Mbappé de l'assassinat en série !

- Lu dans la Presse :

  "Les canicules de l'été dernier ont fait au moins 10.000 morts.

  Tandis que la COVID en faisait au moins 15.000 sur la même période."

  Ces deux-là se tiraient la bourre ?

- On a retrouvé une lettre d'explications de l'homme qui a assassiné à coups de couteau l'agent des impôts qui effectuait son contrôle fiscal :

  "Il s'était planté dans les chiffres !"

- La Justice a confirmé l'interdiction de se produire en concert pour Jean-Luc Lahaye.

  Bon, ben il ne lui reste plus qu'à se déguiser en Pervers Noël pour pouvoir prendre des petites filles sur ses genoux…

- Nous avons une nouvelle astronaute française en la personne de Sophie Adenot.

  Comme si c'était le moment de penser à s'envoyer en l'air !

- L'inflation et la grippe aviaire font bondir le prix du foie gras de plus de 30%.

  Comme à chaque Noël, il y en a qui vont encore se gaver !

- Plus que jamais, le Téléthon a besoin de fonds pour aider un maximum de personnes.

  Avec la crise du Covid et l'inflation, on ne compte plus les Français qui se sont mis aux pâtes !

- Ce matin, Jean-Marc Morandini a prié Sainte-Barbe.

  La patronne des mineurs.

- Dans le Vaucluse, les gendarmes ont découvert les corps de deux bébés dans un congélateur.

  L'adepte de Courjault aurait-elle été trahie par un court-jus ?

- Jean-Marc Morandini a réagi à sa condamnation, pour corruption de mineurs, à un an de prison, avec sursis probatoire de deux ans :

  "Je préfère les ados, mais je vais me contenter de ces un ou deux ans…"

- Lu dans la Presse :

  "Il sera impossible de joindre les secours en cas de coupure de courant cet hiver."

  Même par un moyen alternatif ?

- Un célèbre YouTeubeur a été placé en garde à vue pour viols et corruption de mineurs.

  Pour Norman, ça sent le sapin !

- Les prix des péages autoroutiers augmenteront d'au moins 4,7% au 1er février.

  On attend avec impatience, qu'en représailles, les activistes de Just Stop Oil aspergent les tableaux de Vinci…

- La Sécu rembourse désormais le vaccin contre la gastro-entérite chez l'enfant.

  Un espoir pour que nos plus jeunes arrêtent de regarder Hanouna !

- Pénuries de soignants et d'enseignants, même combat.

  Aujourd'hui, être professeur, c'est comme être proctologue.

  C'est passer sa journée devant des petits trous du cul.

- L' ex - Directeur de l'Institut Montaigne, Laurent Bigorgne, a été condamné pour avoir drogué une ex-collaboratrice dans le but de l'agresser sexuellement ou de la violer.

  "Mais non, je faisais juste des essais !"

- À Versailles, un policier a été agressé au sabre en pleine rue.

  Heureusement, avec le plat de l'arme.

  Il a eu de la chatte, oh !

- Alors que leurs carrières sont jalonnées par les affaires de pédophilie, Jean-Marc Morandini et Jean-Luc Lahaye songent à une reconversion.

  Au sein de l'église catholique ?

- C'est le week-end des neuneus en maillot.

  Et je ne parle pas que des supporters des Bleus.

  Il y a aussi l'élection de Miss France !

- Indira ce qu'on voudra, mais cette Miss France de 18 ans ne se laisse pas mettre les bâtons dans Nehru :

  "Avec cette élection, j'ai Gandhi d'un coup !" (sic)

- À quelques jours des repas de fêtes de fin d'année en famille, la campagne des rappels de vaccination anti-Covid tourne toujours au ralenti.

  C'est la trêve des cons d' Pfizer ?

- Lu dans la presse :

  "À Toulon, un octogénaire s'est présenté aux urgences avec un obus dans l'anus, obligeant à évacuer une partie de l'hôpital."

  C'est ce qu'on appelle se prendre une cartouche ou c'est le fameux trou d'obus ?

- La hausse des violences conjugales a atteint 21% en 2021.

  Pas facile la vie de couple...

  C'est vrai que certains ou certaines, faut se les cogner !

- Les cheminots de la SNCF remercient vivement la Commission Européenne qui a validé la suppression des vols intérieurs lorsqu'un trajet de moins de 2h30 est possible en train.

  Quand ils feront grève, sans l'alternative avion, cela aura encore plus d'impact !

- Ayant appris qu'un octogénaire s'était présenté aux urgences de l'hôpital de Toulon avec un obus dans les fesses, Volodymyr Zelensky a immédiatement accusé la Russie d'avoir attaqué la France.

- Lu dans la presse :

  "Malgré la sombre période que nous vivons, il y a de plus en plus d'amoureux."

  Et oui, l'épris augmentent !

- L'enquête de l'attaque contre des Kurdes à Paris montre que l'auteur des faits avait pris les étrangers comme tête de Turc.

- Niveau attentats islamistes, on devrait être tranquilles un moment vu le prix de la bonbonne de gaz…

- Lu dans la presse :

  "90% des femmes n'ont jamais connu d'orgasme".

  Je sais bien, mais je ne peux pas être partout !

- Que dire à un enfant de 10 ans qui fait encore pipi au lit ?

  Que c'est un délit de fuite !

- Les fast-foods doivent dorénavant employer de la vaisselle réutilisable.

  En revanche, leur bouffe reste à jeter.

- Accusé de harcèlement sexuel et d'agressions sur trois élèves, un professeur de violoncelle du Conservatoire de Paris a été placé en garde à vue.

  Une fois au violon, il aurait déclaré :

  "Nous violons celles qu'on sert !"

- Au procès de l'accident du vol Rio Paris, le Parquet - pour protéger Air France et Airbus - n'a requis aucune condamnation contre eux.

  C'est pitot-yable !

  Il crash sur les victimes !

- Lu dans la presse :

  "Le chanteur Vianney annonce une pause de quelques années sans faire de tournées."

  Enfin une bonne nouvelle en ce début d'année !

- L'ex-archevêque de Paris est visé par une enquête pour agression sexuelle anale sur personne vulnérable :

  Monseigneur ne pense qu'au petit...

- Lu dans la presse :

  "Pénurie d'inspecteurs : 4 mois d'attente en moyenne pour passer son examen de conduite."

  Un délai pareil, c'est pas permis !

- Bonne dégustation à tous ceux qui vont devoir se taper la traditionnelle galette.

  Je vous souhaite d'avoir la fève du samedi soir !

- Lu dans la presse :

  "La France connaît une pénurie inédite de chauffeurs de bus."

  Alors que du temps d'Émile Louis, dans l'ensemble, ça marchait plutôt pas mal...

- Bonduelle a-t-elle fourni des conserves aux soldats russes présents en Ukraine ?

  Comme au temps de la guerre froide, cette "opération spéciale" de communication sent le bon duel entre la Russie et les Occidentaux.

- Francis Cabrel a réagi aux deux bébés retrouvés mort dans un appartement de Rumilly :

  "C'est le drame de Haute-Savoie !"

- Plus de la moitié des hommes en couple disent se retenir régulièrement d'aller aux toilettes quand ils sont avec leur compagne, pour éviter les bruits et odeurs tue-l'amour.

  Et pourtant, les chieuses ne manquent pas !

- Au Canada, avec une nouvelle loi entrée en vigueur début janvier, les étrangers ne peuvent plus acheter de logements.

  Au contraire de la France, où avec la hausse conjuguée des taux d'intérêts et des prix de l'immobilier, couplée à la baisse du pouvoir d'achat, bientôt seuls les riches étrangers pourront en acheter.

- Les nitrites sont des cancérigènes avérés.

  Mais pour l'industrie alimentaire, ce sont "les nitrates gagnants!"

- Nouvel infanticide en Lorraine où une mère a découpé ses enfants :

  "Ben quoi, pour faire la quiche, je dois bien découper les lardons !"

- Lors d'une session de recrutement d'hôtesses de l'air pour Kuwait Airways en Espagne, des candidates ont été priées de se mettre en sous-vêtements.

  À leur place, si on me demandait aussi de souffler dans un tuyau pour gonfler le gilet, je me méfierais…

- Lu dans la presse :

  "L'école AgroParisTech a bradé aux enchères pour quelques euros seulement, le mobilier historique de son château de Grignon.

  En France, on ne cherche même plus à sauver les meubles !

- Dans une lettre ouverte, Dieudonné s'est excusé auprès de la communauté juive.

  Ah bon, Yahvé un problème ?

- Lu dans la presse :

  "La Bretagne est la région française où l'on achète le moins de dentifrice."

  Rien de surprenant, on sait bien avec quoi ils rincent les dents qui leur restent !

- Les radiateurs étant désormais interdits en terrasse, les cafetiers parisiens ont opté pour des coussins chauffants.

  Cela fait pourtant bien longtemps que dans les bars parisiens, question service, on peut aller se faire cuire le cul !

- À Paris, une petite fille de trois ans a été retrouvée morte dans un lave-linge.

  Étrange…

  D'habitude, s'occuper d'un enfant en bas âge, c'est plutôt les parents que ça essore…

- Sur l'Île de Ré, la Justice a ordonné de déboulonner une statue de la Vierge.

  Sans tarder, Jean-Luc Lahaye a réagi :

  "Si c'est pour démonter une vierge, je suis volontaire !"

- Dieudonné explique qu'il a été contraint de s'excuser :

  "Je n'ai pas eu le shoah !"

- Sœur André, la doyenne française de l'Humanité est morte mardi à l'âge de 118 ans.

  Bon ben plus besoin de réforme des retraites, les comptes sont de nouveau équilibrés !

- Lu dans la presse :

  "Affaire Péchier : l'anesthésiste mis en examen pour 24 empoisonnements pourra retravailler."

  Si c'est pour endormir les gens, faire de l'intox, et nous empoisonner la vie, il peut parfaitement se lancer en politique !

- Bilan démographique :

  "Plus de mariages mais moins de naissances."

  On n'a pas attendu l'INSEE pour savoir qu'une fois mariés on baise moins !

- Lu dans la presse :

  "Après l'incendie d'un poste d'aiguillage, deux jours de fortes perturbations à la Gare de l'Est."

  Voilà la SNCF encore un peu plus à l'Ouest…

- Lune de miel:

  À 93 ans, Buzz Aldrin s'est marié pour la quatrième fois.

  Comme quoi, il n'y a pas d'âge pour les allers-retours dans la lune...

- Début janvier, un chat, échappé de sa cage de transport, a été coupé en deux par le départ du train sous lequel il s'était réfugié.

  C'était un train pour Persan ou pour Chartreux ?

- Un jeune de moins de 24 ans sur trois qui utilise quotidiennement TikTok pense que la Terre est plate.

  Pour ce qui est de leur encéphalogramme, c'est même une certitude !

- Maltraitance dans les maisons de retraite :

  Aller en EHPAD c'est très dangereux, 100% des résidents y meurent !

- Une Héraultaise a eu la stupeur de découvrir sur son acte de naissance, qu'elle était mariée, par erreur, au maire de sa commune.

  L'édile s'est transformée en idylle...

- Bilan de la grève d'hier à la SNCF :

  En fonction des gares, en moyenne seulement 1 chat sur 4 s'est fait écrabouiller.

- Suite à une erreur des services de l'État Civil, une femme mariée de l'Hérault s'est retrouvée administrativement bigame avec le Maire de sa commune.

  Ce qui n'a pas manqué de faire réagir son mari légitime :

  «Avec les politiques, on finit toujours cocu !»

- À Toulouse, la mairie a annulé des séances de lectures de contes pour enfant par des drag-queens.

  Dans la ville rose, les histoires de saucisse ne font plus recette !

- La compagne de Jean-Paul Guerlain a été condamnée pour "violences volontaires sur personne vulnérable" par la Cour d'Appel de Versailles.

  Elle avait été prise en fragrance délit de maltraiter son nez nez !

- Lu dans la presse :

  «Alors qu'elle débarque en France pour faire jouer la concurrence, la compagnie nationale ferroviaire espagnole se retrouve bloquée par la SNCF.»

  En France, la société reine fait ce qu'elle veut.

- De plus en plus de pharmacies d'hôpitaux français se retrouvent en rupture totale de nombreux médicaments.

  Ça suffit cette panne, assez !

- Lu dans la presse :

  «Faute de médecins disponibles, les certificats de décès ne sont plus établis dans certains territoires.»

  Un remake de «Mourir peut attendre» ?

- Cet été 60.000 billets de train à destination de l'Allemagne sont mis à disposition gratuitement pour les jeunes.

  À leur place, si les trains partent de Drancy, je me méfierais...

- Lu dans la Presse :

  «Alcoolisme et inceste: l'enfer du Nord pour les mineurs.»

  C'est de là que vient l'expression remettre sa petite sœur ?

- Selon une étude alarmante, les collégiens français courent de moins en moins vite.

  Voilà qui va réjouir tous nos pédophiles !

- En ce jour de Sainte-Apolline, son prédécesseur à la matinale de RMC ne se gêne pas pour lui faire sa fête :

  «La de Malherbe, elle en fait des bourdes, hein ?!»

- Lu dans la presse :

  "23% des Français sont persuadés que le vin fait diminuer les risques de cancer. "

  Hélas, tout n'est pas cirrhose !

- Lu dans la presse :

  "84% des accidents de la route sont dus à des hommes."

  En même temps, si les femmes savaient conduire, les hommes seraient peut-être moins obligés de prendre le volant !

- Après chaque Saint-Valentin, environ une femme sur deux déclare ne pas être satisfaite de ses cadeaux.

  Qu'est-ce qu'elles sont cupides donc !

- Un corps démembré a été retrouvé au Parc des Buttes-Chaumont.

  Bute...il porte bien son nom...

- Égalité des sexes :

  Je réclame officiellement le droit aux congés menstruels pour les hommes également.

  Pour partir quelques jours loin de sa femme quand elle a ses règles et qu'elle est encore plus chiante que d'habitude !

- Samedi dernier, un homme s'est suicidé en se jetant dans le vide au Centre Commercial de La Défense.

  Le mouvement de panique qui s'en est suivi a contraint nombre de personnes présentes à renoncer à leur séance de shopping :

  "Je laisse tomber !"

- La compagnie Air India a été punie d'une amende de 34.000 euros après qu'un passager a uriné sur une femme en plein vol !

  Bollywood tient là son Depardieu indien !

- Lu dans la presse :

  "Cadavre des Buttes-Chaumont : le mari meurtrier a pris le bus avec le corps démembré d'Assia."

  J'espère au moins qu'il a bénéficié du demi-tarif !

- Guy Savoy a été déclassé par les inspecteurs du Michelin.

  Avoir un nom de département alpin et perdre une étoile, ski faut pas entendre...

- Alors qu'il la détenait depuis plus de 20 ans, le Michelin s'est fait un malin plaisir à annoncer que Guy Savoy n'avait plus sa troisième étoile.

  La direction du Guide, quand elle enlève une étoile, la trique a-t'elle ?

- Nouvel incident dans un avion Air India :

  Des voyageurs de la compagnie indienne ont rapporté aux autorités que plusieurs hommes avaient eu des relations sexuelles avec une passagère dans les toilettes de l'appareil.

  Ils organisaient un Gange bang ?

- À la demande de Gérald Darmanin, plusieurs préfets du Grand-Est ont interdit la tenue d'un festival de rock néonazi.

  Pourtant, là-bas, les fours et le métal ça les connaît !

- Dans ses stations, Total plafonne désormais le prix du litre de carburant à 1,99€.

  Une remise qui se ressent à peine sur le budget des automobilistes: "J'ai rien centime !"

- Hier, lors de la présentation de l'édition 2023 du Michelin, nombreux sont ceux qui se plaignaient d'avoir perdu une étoile.

  Alors qu'en 1945, tous se réjouissaient de perdre la leur !

- BFM TV s'explique après avoir viré Rachid M'Barki, pour avoir diffusé à l'antenne des sujets non validés par sa direction :

  "Nous nous sommes sentis Drahi !"

- Le mari meurtrier d'Assia, dont une partie du corps a été retrouvée aux Buttes-Chaumont, s'explique :

  "Elle voulait se séparer mais que nous restions en indivision démembrée !"

- Lu dans la presse :

  "Thierry Casasnovas, le gourou du crudivorisme, a été mis en examen pour exercice illégal de la médecine et abus de confiance."

  Pour lui c'est cuit, mais ce sont surtout ses victimes qui l'ont cru !

- En pleine tempête, un avion d'Air France a dû interrompre par trois fois son atterrissage à l'aéroport de Nice, avant de se résoudre à finalement atterrir à Montpellier.

  Les passagers, paniqués, se sont vus mourir, obligeant le commandant de bord à des appels au calme: "Oh, Niçois qui mal y pensent !"

- Lu dans la presse :

  "Dans les Hauts-de-France, la mairie de Trith-Saint-Léger distribue à chacun de ses administrés un chèque de 100 euros, ce qui a le don de ravir les habitants."

  En effet, ça fera toujours un cadeau de mariage pour ceux qui épousent leur cousine, ou de naissance pour ceux qui ont mis leur sœur enceinte...

- La taille moyenne du pénis en érection a augmenté de 24% en 30 ans.

  Qui a dit qu'on ne progressait pas au niveau de l'égalité des sexes ?

- Lu dans la presse :

  "En Vendée, un individu qui conduisait ivre et dépassait les limitations de vitesse a été arrêté par la gendarmerie, déguisé en Spiderman."

  Il était pressé de se faire une toile ?

- Un lycéen est décédé en passant les épreuves du Bac.

  Qu'il se rassure, vu le niveau, même mort il va l'obtenir !

- Jean-Marc Morandini apporte son soutien à Élisabeth Borne pour élargir la majorité :

  "Dès 11 ans, ce serait bien !"

- Le réseau TikTok est désormais interdit sur les smartphones des fonctionnaires.

  Mais comment vont-ils occuper leurs journées alors ?

- Une ancienne infirmière, aujourd'hui âgée de 62 ans, a obtenu la reconnaissance de son cancer du sein comme maladie professionnelle à la suite de son travail de nuit.

  Et si on a un patron casse-couilles, peut-on faire reconnaître comme maladie professionnelle un cancer des testicules ?

NABILLA

- Nabilla a accouché de son deuxième enfant :

  "Les eaux, j'perds les eaux quoi ! "

- Nabilla a confié avoir découvert Henri IV en regardant X-Files :

  "Oui, c'était un ami de Mulder et Sully ".

- Nabilla ne comprend pas bien que ce soit aujourd'hui l'anniversaire du défenseur central espagnol du PSG :

  "On n'est pas le dimanche des Ramos !"

- Nabilla s'est montrée très déçue en arrivant au World Economic Forum.

  Quand elle a appris qu'il n'y avait pas de spectacle de Raymond à Davos.

- Nabilla a rendu hommage à Saladin, décédé le 4 mars 1193 :

  "Nan mais c'est trop dommage que ce pilier des Deschiens ait abusé du gibolin, quoi !»

- Nabilla a rendu hommage à Michel Romanov, élu Tsar de Russie le 20 février 1613, en envoyant un SMS à sa descendante, une star française de l'humour prénommée Anne.

- Nabilla a rendu hommage à Gérard Rinaldi pour l'anniversaire de sa première apparition en tant que Charlot, le 5 février 1914.

- Pour rendre hommage aux treize civils abattus par l'armée britannique en Irlande du Nord, le 30 janvier 1972, Nabilla a commandé un Bloody Sundae.

  You Too ?

- En ce 21 décembre, Nabilla rend hommage à Frank Zappa :

  "C'est quand même l'inventeur de la télécommande !"

- Nabilla célèbre aujourd'hui Beethoven, né le 17 décembre 1770.

  Elle ne savait pas qu'un chien pouvait vivre aussi vieux.

- Nabilla rend hommage à Philippe Noiret, disparu le 23 novembre 2006 :

  "Même si les films de Noiret Blanc, c'est pas trop mon truc."

- Ce dimanche, Nabilla s'est trompée en rendant hommage à Guy Mollet, décédé le 3 octobre 1975.

  Elle le remerciait pour sa méthode de cuisson des œufs et ses jeux.

  Alertée de sa bourde par des internautes, elle crampe malgré tout sur ses positions.

- En voyage aux Antilles, Nabilla a décidé de ne plus aller à la piscine depuis qu'elle a entendu que le chlore déconne.

- Nabilla s'exprime après les commémorations de l'Holodomor en Ukraine :

  "Je ne comprends pas pourquoi ils rendent hommage à l'ennemi d'Harry Potter…"

- Nabilla a rendu hommage au cycliste Henri Anglade, décédé le 10 novembre :

  "J'adorais comment il grimpait dans 37,2 le matin !"

51

PALMADE

- "Pierre Palmade en garde à vue."

  Lui qui avait plutôt l'habitude d'être au garde à vous...

- Exclusivité BFN !

  Nous vous révélons l'identité des deux passagers de la voiture de Pierre Palmade qui avaient pris la fuite, et sont aujourd'hui entre les mains de la Justice.

  L'examinateur du permis et le moniteur de l'auto-école !

- Après avoir vu Zelensky en visite à Paris, toujours accompagné de ses deux gardes du corps, Pierre Palmade s'en est inspiré pour sa défense :

  "Moi aussi j'avais besoin d'escorts !"

- Lu dans la presse :

  "La SNCF a engrangé un bénéfice record de 2,4 milliards d'euros en 2022."

  Pas étonnant, rien qu'avec tout ce que Pierre Palmade claquait en rails...

- On le sait, Pierre Palmade était adepte du Scrabble.

  Mais il semble désormais qu'il s'intéressait aussi aux mômes croisés...

- Benoît Magimel a reçu vendredi soir le César du meilleur acteur.

  Ça laisse un espoir à Pierre Palmade de remettre lui aussi sa carrière sur de bons rails !

- Consommation de cocaïne et autres stupéfiants, pédophilie...

  Pierre Palmade a le CV parfait pour présenter une émission sur les chaînes de Bolloré !

- Pierre Palmade a fait un AVC.

  Comme quoi personne n'est à l'abri, même avec une hygiène de vie irréprochable...

- Pierre Palmade a été incarcéré.

  Déjà dans son sketch, on savait qu'il allait finir au gnouf !

- Nombreux sont ceux qui pensent que Pierre Palmade tire profit de ses ennuis de santé pour échapper à ses responsabilités :

  "Il nous fait prendre l'AVC pour des lanternes !"

- Suite à l'affaire Palmade, des pédophiles ont tenu à préciser :

  "Pas d'amalgame, nous ne sommes pas tous des camés !"

- Lu dans la presse :

  "Plus de deux tonnes de cocaïne retrouvées sur les plages de la Manche."

  Pierre Palmade a éternué ?

- L'entourage de Pierre Palmade justifie l'absence de communication du comédien quant à ses victimes :

  "Il ne veut pas heurter la famille."

POLITIQUE

- Puisqu'on nous dit de ne rien garder allumé d'inutile, si Sandrine Rousseau pouvait la mettre en veilleuse…

- Quel dommage que les députés LFI aient refusé de jouer un match de foot avec les députés RN.

  On aurait pu voir le fameux marquage à la culotte d'Éric Coquerel, et Adrien Quatennens dans les cages, essayer de trouver la parade après une mauvaise claquette !

- François Hollande a sorti un nouveau livre.

  Même indigeste, c'est bien le seul domaine où il ne fait pas un bide !

- La campagne de Valérie Pécresse est visée par une enquête pour détournements de fonds publics.

  Rien de nouveau, les dirigeants de LR l'avaient déjà reconnu qu'avec elle ils touchaient le fond !

- Le Sénat a rendu son rapport pour mieux encadrer la pornographie.

  Le retour du carré blanc ?

- Quels pervers au Gouvernement avec leurs pseudos négociations à venir sur la réforme des retraites !

  Tout est déjà décidé.

  C'est juste pour nous demander:

  «Comment voulez-vous qu'on vous la mette ?!»

- Alors qu'une enquête pour détournement de fonds publics a été ouverte contre Valérie Pécresse, Nicolas Sarkozy révèle enfin pourquoi il ne l'a pas soutenue :

  "J'ai horreur des gens malhonnêtes !"

- Le rapport du Sénat sur la pornographie ne propose finalement rien de nouveau.

  Quels branleurs ces Sénateurs !

- En cas de nouvelles législatives, tout le monde voudra faire barrage à tout le monde.

  À Macron, au RN, à l'extrême gauche…

  Une solution pour augmenter notre production hydro-électrique ?

- Jean Castex a été nommé Président de l'Agence de Financement des Infrastructures de Transports de France.

  Pour mettre en place un pont aérien entre Paris et Prades ?

- Dans le cadre du plan de sobriété énergétique, Pap Ndiaye va retirer des programmes scolaires le Siècle des Lumières.

- Sur demande du Gouvernement, Enedis pourra couper à distance les ballons d'eau chaude et les radiateurs électriques via les compteurs Linky.

  Ce sera 19 degrés, ou de force !

- Les réserves de gaz sont pleines en France.

  Avec toutes les usines à gaz du Gouvernement…

- Le Secrétaire Général de l'Elysée, Alexis Kohler, a été mis en examen pour prise illégale d'intérêts et trafic d'influences dans l'affaire de l'armateur MSC.

  Ils sont tellement nombreux à avoir des affaires au cul dans la Macronie, que ça en devient bateau.

- PSG, EELV, même combat.

  Aminata Diallo voulait péter les rotules de sa coéquipière Kheira Hamraoui.

  Sandrine Rousseau a pété ceux de Julien Bayou.

- Malgré son renvoi en procès devant la Cour de Justice de la République, le Garde des Sceaux, Éric Dupond-Moretti, ne démissionnera pas :

  "Je ne peux pas être bien jugé et parti !"

- "Je baisse, j'éteins, je décale."

  Pas sûr qu'au final cela fasse des économies d'avoir payé McKinsey pour ce slogan...

- En Ukraine, la France fournit des armes, forme à leur maniement et transmet des renseignements militaires.

  Mais selon notre Président : " la France n'est pas en guerre."

  Emmanuel Macron vient d'inventer la guerre Canada Dry !

- Le Gouvernement a trouvé la solution face aux pénuries de carburant.

  Il espère une énième vague de Covid pour déclencher un nouveau confinement !

- Edouard Philippe est convoqué le 24 octobre prochain devant la Cour de Justice de la République concernant sa gestion de la crise Covid.

  Tout le monde a bien vu qu'il n'est pas blanc blanc dans cette histoire !

- C'est vachement bien foutu la Macronie !

  Quand il y a une soi-disant remise sur le carburant, il y a pénurie.

  Comme ça, l'automobiliste qui galère à remplir son réservoir sera tellement content quand il trouvera enfin de quoi le faire, qu'il ne se souciera plus du prix.

  Attirer l'attention ailleurs, c'est une technique digne de Gérard Majax !

- À la marche contre la vie chère, il y avait 30.000 personnes selon un cabinet de comptage indépendant, et 140.000 selon la NUPES.

  L'inflation est vraiment partout !

- La pilule anti-gueule de bois débarque en France.

  Parfait pour tous ceux qui ont cru que les élections changeraient quelque chose.

- Les Députés ont voté pour une modulation à la baisse de la durée d'indemnisation par l'assurance chômage.

  Ils n'ont pas honte ?

  Alors qu'eux, on les paye grassement à ne rien faire pendant cinq ans !

- Prescription confirmée par la Cour de Cassation pour Richard Ferrand dans l'affaire des Mutuelles de Bretagne.

  Finalement, ce sont plus les juges que les médecins qui font des ordonnances de complaisance.

- Très mécontents du Gouvernement avec cette pénurie de carburants, de nombreux français voudraient le virer à coups de pompes dans le cul !

- Jean Castex va prendre la tête de la RATP.

  Le poste parfait pour celui qui, Premier Ministre, avait toujours un métro de retard.

- À Paris, Anne Hidalgo a annoncé l'augmentation de la taxe sur les terrasses chauffées…alors qu'elles sont interdites depuis le 31 mars 2022.

  Elle est vraiment à la rue !

- Emmanuel Macron a nommé Jean Castex à la tête de la RATP.

  Il n'y a bien que quand ce sont ses partenaires de crime qu'il fait quelque chose pour l'emploi des séniors !

- Pour les 50 ans du FN, Jean-Marie Le Pen, avec l'aval de Marine, prévoit de convier tous ses collaborateurs.

- Si t'es macroniste et qu'à 60 ans t'as pas une mise en examen, c'est que t'as raté ta vie.

- Accident à Orly.

  Encore un dérapage pour Caroline Cayeux !

- Lu dans la Presse :

  "Metro victime d'une cyber attaque."

  Allez, à peine Castex arrivé à la tête de la RATP, ça commence !

- La fête a battu son plein hier soir à Montretout.

  Et ils n'ont pas bu que du Vichy.

  Ce matin, tous les participants ont la Goebbels de bois !

- Jean-Marie Le Pen était très ému lors de la soirée des 50 ans du Front National :

  "Ça m'a mis la larme à l'œil…"

- Gérald Darmanin veut généraliser l'expulsion des familles de délinquants de leurs logements sociaux.

  Bonne idée !

  En commençant par tous les politiques qui en occupent indûment ?

- Depuis le démantèlement du campement de toxicomanes de Forceval, Gérald Darmanin se prend pour un crack !

- Le prix des crémations a augmenté de 35% en quelques mois.

  Plutôt que d'organiser une marche contre la mort chère, la Députée LFI Danièle Obono réitère sa consigne :

  "Mangez vos morts !"

- Gérald Darmanin ne cesse de se féliciter de ses bons résultats en matière de baisse de la délinquance.

  C'est sûr qu'avec la pénurie d'essence, il y a eu moins de rodéos urbains et de voitures cramées dans les banlieues !

- Laurent Wauquiez indique qu'il organisera son prochain "dîner des sommets" en Arabie Saoudite afin de préparer le rayonnement de la Région Auvergne-Rhône Alpes pour les Jeux Asiatique d'Hiver 2029.

- À l'Assemblée Nationale, Marine Le Pen soutient une niche fiscale pour stériliser les chats.

  Parce qu'on n'a pas d'autres chats à fouetter en ce moment, peut-être ?

- Selon une étude, plus on consomme de viande, plus on vote à droite.

  Je suis sûr que Gérard Larcher vote RN en cachette !

- Pour ceux qui n'auraient pas suivi, voici un fidèle résumé de la dernière interview télévisée du toujours très satisfait de lui Emmanuel Macron:

  "Ça pourrait être pire, alors estimez-vous déjà heureux que ce soit beaucoup mieux que si c'était moins bien ! "

- La pilule anti-gueule de bois est désormais vendue en France.

  Et la pilule anti-langue de bois pour nos politicards, c'est pour quand ?

- Victoire de Lula :

  Un ex-Président qui revient au pouvoir après avoir fait de la prison, voilà qui va redonner des idées à Nicolas Sarkozy le matin en se rasant !

- Emmanuel Macron veut planter un milliard d'arbres en dix ans.

  C'est faisable, il a bien planté la France en 5 ans…

- Un candidat aux élections de mi-mandat aux États-Unis a réalisé une sextape électorale avec une actrice porno.

  Benjamin Griveaux a enfin trouvé où relancer sa carrière politique !

- Jean-Marie Le Pen n'a pas suivi l'hommage à Pierre Soulages :

  "Les noirs, je ne peux pas les voir en peinture !"

- À Reims, un homme vivait depuis plusieurs mois avec le cadavre de sa mère.

  Petit joueur !

  Nos politiques, eux, ça fait des décennies qu'ils vivent sur notre dos avec des cadavres plein les placards !

- Selon une étude récente, plus on consomme de viande, plus on vote à droite.

  C'est vrai que ça fait plus de 10 ans que la droite ne fait que se viander…

- Selon certains économistes, c'est parce que nous n'avons plus assez de chômeurs en France, que l'inflation est telle.

  S'il lit ça, Hollande va vouloir revenir en 2027 pour inverser la courbe !

- La future loi "Asile et Immigration" selon Gérald Darmanin :

  "Être méchant avec les méchants, gentil avec les gentils."

  Quel Talion pour bien résumer les choses !

- Grégoire de Fournas a réagi à l'accueil des migrants de l'Ocean Viking à Toulon :

  "Finalement, ils ont suivi mes conseils, ils sont retournés en Afrique !"

- Après les révélations sur la société pétrolière offshore de son père et de ses enfants, Agnès Pannier-Runacher a été prise Dassault par les journalistes.

- Effondrement de deux immeubles à Lille.

  Petite précision utile pour les mauvaises langues, ils se sont effondrés avant la venue de Martine Aubry…

- Altercation Hanouna/Boyard.

  Quand on voit ça, on se dit que ce n'est pas la redevance qu'il faut supprimer, mais la télé tout court !

- Agnès Pannier-Runacher nie avoir eu connaissance d'habiter dans une maison appartenant à Dassault.

  Allez, arrête ton char Agnès !

- Un maire de la Manche a été retrouvé blessé dans un champ avec les pieds et les poings cloués.

  Je peux me planter, mais je pense qu'il peut faire une croix sur sa réélection...

- Christophe Castaner a été recasé, entre autres, à la Direction du Grand Port de Marseille.

  Après sa cuisante défaite au premier tour des législatives, il a vite entrevu le bout du tunnel le kéké de Forcalquier !

  Une signature du Montblanc présidentiel a suffi.

- Pénuries de médicaments.

  Le Ministre de la Santé a fait de vagues promesses de résolution "dans les semaines ou les mois qui viennent " juste pour faire passer la pilule.

- Le 49.3, c'est comme la sodomie, la première fois ça pique un peu et on s'en offusque.

  À la cinquième, ça passe tout seul.

- Candidat à la Présidence des Républicains, Bruno Retailleau persiste : "il faut en finir avec l'héritage de Nicolas Sarkozy !"

  En commençant par rendre le pognon aux héritiers de Kadhafi ?

- Aujourd'hui, le "black friday" va faire des heureux.

  Mais pas Grégoire de Fournas.

  Lui attend avec impatience le mois du blanc !

- L'épouse d'Adrien Quatennens l'accuse désormais de violences conjugales répétées, et ce depuis des années.

  On comprend qu'au bout d'un moment, elle en ait eu sa claque !

- L'Assemblée Nationale a voté en faveur de l'inscription du droit à l'avortement dans la constitution.

  Pour ce qui est de faire avorter les débats à l'Assemblée, il y a déjà le 49-3…

- Toujours en arrêt maladie, Adrien Quatennens ne participera pas non plus aux travaux du groupe LFI.

  On va pouvoir également le poursuivre pour emploi fictif alors ?

- Le nombre de détenus en France a atteint un record absolu.

  On n'a tellement plus de places dans nos prisons qu'on doit en mettre au Gouvernement, à l'Assemblée, au Sénat…

- Affaire McKinsey :

  Bruno Le Maire reconnaît "des abus".

  Il a les mêmes éléments de langage que l'Église sur la pédophilie…

- En désaccord avec la Haute Autorité pour la Transparence de la Vie Publique sur sa déclaration de patrimoine, Caroline Cayeux a préféré démissionner de son poste de Ministre.

  "Je n'ai pas envie de rendre des comptes à ces gens-là !"

- Emmanuel Macron a annoncé "le développement d'un réseau de RER à la Parisienne" dans les dix plus grandes métropoles françaises.

  Quelle bonne idée de vouloir dupliquer en Province ce qui ne marche pas à Paris !

- Emmanuel Macron a annoncé "le développement d'un réseau de RER à la Parisienne" dans les dix plus grandes métropoles françaises.

  Il n'y a pas de raison, les Provinciaux aussi auront le droit à des trains bondés, aux retards et aux interruptions de trafic à répétition, aux odeurs pestilentielles, aux rats et au Pass Navigo à 90 euros !

- Le Gouvernement a fait redémarrer la centrale à charbon de Saint-Avold.

  Ils ont bonne mine de nous parler d'écologie...

- Le jeu "Antifa" a été retiré momentanément des rayons de la FNAC à la demande d'élus RN.

  Mais rassurez-vous, pendant ce temps-là, en demandant la réintégration des soignants non- vaccinés, les Députés lepénistes ont continué de jouer au Docteur Maboul !

- Alors dans la fonction publique, Alexis Kohler - l'actuel Secrétaire Général de l'Elysée - aurait participé, entre 2009 et 2012, à huit délibérations concernant l'armateur MSC, qui est lié à sa famille.

  Pour se justifier, il aurait déclaré :

  "Vous vous faîtes des films parce que le Capital appartient à ma famille, mais pendant ce temps- là, notre concurrent Costa s'gavera."

- L'Assemblée Nationale a voté une loi contre les squats.

  Voilà qui va réjouir de nombreux abonnés de salles de sport qui en avaient plein le cul !

- Voulant faire un don au Téléthon, au lieu de composer le 3637, Elisabeth Borne a fait le 49-3.

  L'habitude sans doute...

- L'année 2022 est d'ores et déjà la plus chaude mesurée en France.

  Et le Gouvernement n'a pas encore présenté sa réforme des retraites aux syndicats !

- Lu dans la Presse :

  "Europe, réforme des retraites, climat… les convictions d'Emmanuel Macron."

  S'il en avait, ça se saurait.

  Ou alors ce sont celles du moment, qui n'en seront déjà plus demain…

- Hélène Hardy est la première candidate transgenre à briguer la tête d'un parti, en l'occurrence EELV.

  Je ne sais pas si elle réussira à imposer la transition écologique dans le débat, mais elle a déjà réussi à y imposer la sienne !

- Éric Zemmour a réagi à la découverte de deux bébés congelés à Bédoin, dans le Vaucluse :

  "Et voilà, ce sont encore des arabes qui ont fait le coup !"

- Voici la première réaction d'Éric Ciotti après être arrivé en tête du premier tour de l'élection du Président des Républicains :

  "J'ai eu de la chatte !"

- Totalement saoul, le Député écologiste Aurélien Taché a interrompu une pièce de théâtre à Paris :

  "Je me suis un peu assoupi, et quand je me suis réveillé, je me suis cru à l'Assemblée.

  Alors comme d'habitude, j'ai interrompu et invectivé ceux qui prenaient la parole."

- En cas de coupures électriques (le vrai nom des "délestages"), il n'y aura ni transports, ni école, et la circulation sera réduite aux motifs impérieux.

  Après les confinements sanitaires, voici la version énergétique.

- Macron , Poutine, même combat.

  L'un veut dissoudre l'Assemblée, l'autre ses opposants.

- Lu dans la presse :

  "Nombre d'adhérents LR demandent aux dirigeants du parti de s'expliquer sur les anomalies survenues au premier tour de l'élection de leur Président."

  Je ne leur cherche pas d'excuses, mais quand on voit les trois candidats en lice et que c'était organisé le même week-end que le Téléthon, c'est vrai qu'il y avait de quoi se tromper !

- Marine Le Pen va déposer un projet de loi pour que l'on puisse dorénavant se faire enterrer avec son chien ou son chat.

  Ça c'est encore pour piquer des électeurs aux Républicains !

- Lu dans la presse :

  "Emmanuel Macron est déterminé à aller vite sur la fin de vie."

  Après avoir passé trois jours avec Biden, tu m'étonnes !

- Contrairement à ce que dit le Gouvernement, une réforme n'est plus nécessaire pour équilibrer le système des retraites.

  Les canicules de plus en plus fréquentes et les variants de la COVID se chargeant de limiter le nombre de pensionnés.

- Le Gouvernement a tout prévu pour éviter la propagation des épidémies hivernales avec les fêtes de fin d'année.

  Vu les prix de l'alimentaire, c'est sûr que l'on n'invitera pas grand monde !

- Emmanuel Macron a annoncé qu'à partir du 1er janvier, les préservatifs seront gratuits pour les moins de 25 ans.

  Et à partir du 10 janvier, pour leurs parents qui devront bosser au moins jusqu'à 64 ans, c'est la vaseline qui sera gratuite.

- Avant même le début des "négociations" avec les partenaires sociaux, toute la réforme des retraites avait déjà été décidée par Emmanuel Macron: combien, quand, pour qui, à partir de quand…

  Après le dialogue social, il nous a inventé le monologue social !

- L'ancien Député-Maire de Drancy, Jean-Christophe Lagarde, a été condamné pour l'emploi fictif de sa belle-mère comme assistante parlementaire.

  C'est normal qu'il se soit fait griller si facilement, travailler avec sa belle-mère, qui le ferait ?!

- Dixième 49-3 pour Élisabeth Borne.

  Et elle va vouloir utiliser le onzième offert !

- Lu dans la presse :

  "Affaire McKinsey: des perquisitions ont été menées dans les locaux du cabinet de conseil et au siège du parti présidentiel Renaissance."

  Pratique, c'est au même endroit.

- Nouveau 49.3 pour Élisabeth Borne, et nouvelle motion de censure LFI.

  L'Assemblée Nationale, ça devient plus chiant et prévisible que les redifs des films de Noël !

- Jean-Marie Le Pen a finalement été relaxé en appel pour avoir déclaré : "on fera une fournée la prochaine fois."

  À 94 ans, la sienne est déjà en train de préchauffer !

- Assurance chômage :

  Olivier Véran estime que: "18 mois pour trouver un travail, c'est suffisant".

  Effectivement, il a fallu bien moins de temps que ça à Emmanuel Macron pour recaser ses anciens ministres...

- Encore une ancienne ministre recasée, en la personne d'Amélie de Montchalin, nommée Ambassadrice auprès de l'OCDE.

  Emmanuel Macron l'avait bien dit qu'il éradiquerait le chômage.

  Il a juste oublié de préciser que c'était uniquement chez ses anciens collaborateurs...

- Pour lutter contre les rodéos urbains, qui ont repris de plus belle depuis le début décembre, Gérald Darmanin envisage des mesures radicales :

  "Nous allons boucler les cités avec des serrures Vachette !"

- Emmanuel Macron a réagi à la hausse du tabagisme en France:

  "Nous ne mégotons pas notre plaisir à vous enfumer !"

- Fini la politique et les petites jeunettes pour Nicolas Hulot.

  Il reprendra Ushuaïa Matures !

- Le Ministre de la Santé, François Braun, a réagi à la grève des médecins généralistes :

  "Ça grippe encore plus le système de santé !"

- Suite à la révélation de la tenue d'un fichier raciste par les Laboratoires Servier, Jean-Marie LePen leur apporte son soutien pour le procès en appel du Mehdi a tort.

- Les élus LR ne sont pas aussi divisés qu'on le dit sur l'âge de la retraite.

  Ils sont tous d'accord pour que Nicolas Sarkozy prenne la sienne sans attendre !

- Lu dans la presse :

  "Après son chemin de croix, Anne Hidalgo prendra-t-elle un nouveau départ en 2023 ?"

  Un moment on a cru s'y fier, mais elle s'est plantée.

  Le clou du spectacle restant les finances de la Ville et les hausses de la taxe foncière.

  Et ce n'est rien de dire qu'elle nous fait suaire !

- Le Puy du Fou de Philippe de Villiers a sorti son premier film en salles, "Vaincre ou Mourir".

  Un message pour Éric Zemmour après son échec à la présidentielle ?

- La nomination de la nouvelle conseillère du Président de la République a fait beaucoup réagir.

  Il y a un an, elle avait déclaré que refuser de soigner les non-vaccinés "serait un bon moyen de sélection naturelle."

  C'est sûr que la Colosimo elle a dû en dire un paquet de conneries pour avoir le poste !

  Ça doit même être le facteur déterminant

- Les vœux de Macron, c'est comme la durée de cotisation pour la retraite, plus ça va, plus ça s'allonge.

- Emmanuel Macron a demandé à la Convention Citoyenne sur la fin de vie d'accélérer ses travaux.

  Si c'est comme la précédente sur le climat, il va encore enterrer toutes les propositions…

- Selon Gérald Darmanin, "un représentant de l'État doit être inattaquable et respectable."

  On attend donc avec impatience sa démission et celle de tout le Gouvernement…

- Les tirailleurs sénégalais pourront toucher le minimum vieillesse en vivant dans leur pays d'origine.

  Une nouvelle que Jean-Marie Le Pen doit voir d'un bon œil…

- Bayrou, Ferrand, Pénicaud, Castaner…

  Dit comme ça, ça ressemble plus au banc des accusés qu'à la liste des décorés de la Légion d'Honneur…

- Lu dans la presse :

  "Emmanuel Macron demande de renégocier les contrats excessifs."

  À commencer par ceux des cabinets de conseil ?

- États Généraux de la Justice :

  Le Garde des Sceaux a annoncé qu'une nouvelle prison sera construite en Terre Adélie.

- Marine Le Pen et Brigitte Bardot sont dans le classement annuel des personnalités préférées des Français.

  Les hommes préfèrent les blondes… d'extrême droite !

- Dans ses vœux, Emmanuel Macron souhaitait une France unie.

  Il l'a.

  Contre la réforme des retraites !

- Selon le Gouvernement, l'inflation a ralenti en décembre.

  Visiblement, pas les mensonges de nos gouvernants...

- Vu les questions posées par des journalistes autistes à Emmanuel Macron - et qu'il a trouvé blessantes - je crois qu'ils ne sont pas potes, hein ?

- Condamnés en appel pour blanchiment de fraude fiscale, les Balkany pourraient se voir confisquer l'usufruit de leur moulin de Giverny.

  Le symbole de toute la Monnet qu'ils ont brassée !

- À l'instar du Président, ce Gouvernement sait manier le "en même temps".

  À 60 ans, tu dois te faire vacciner contre la grippe ou la COVID car tu es considéré comme âgé et fragile, mais tu ne l'es pas pour continuer de bosser !

- Bruno Le Maire veut réguler le business des influenceurs.

  S'il interdit de vendre n'importe quoi en mentant éhontément, nos politiques vont sacrément être emmerdés !

- Lu dans la presse :

  "Retraites : le Gouvernement ne reculera pas."

  À part l'âge légal...

- Que Santé Publique France se rassure, avec les pénuries actuelles, les antibiotiques, c'est plus automatique !

- On sait pourquoi Emmanuel Macron a rendu les préservatifs gratuits pour les moins de 25 ans.

  Pour ne pas risquer de refiler la chtouille à Mbappé !

- Lu dans la presse :

  "Chutes sur les trottoirs et chaussées, Paris a versé plus de 2 millions d'euros d'indemnités en 2022."

  Et quand Anne Hidalgo s'est ramassée à la présidentielle, ça a coûté combien ?

- Dans une interview au Parisien, Anne Hidalgo confirme qu'elle retournera à Kiev dans les prochaines semaines.

  Quand on voit ce qu'elle a fait à Paris, elle devrait être considérée comme une arme de destruction massive !

- Le Gouvernement a rappelé aux syndicalistes que ceux qui couperaient le courant aux élus favorables à la réforme des retraites risquaient jusqu'à cinq ans de prison.

  La réponse syndicale ne s'est pas fait attendre :

  "Ça compte dans les 43 annuités de cotisation ?"

- Favorable à une réforme des retraites, Éric Zemmour est vent debout contre cette journée noire !

- Pap Ndiaye fait le point sur les enseignants grévistes :

  "Ils sont autour de 70% de grévistes dans le primaire" Et le reste, ce sont… des postes non pourvus…

- Le Ministre de l'Intérieur Ukrainien a été tué dans le crash de son hélicoptère près de Kiev.

  Il y a des fois où l'on aimerait bien aussi dire au nôtre qu'il s'écrase un peu !

- Dans un tweet, la Députée LFI Clémentine Autain déplore que la SNCF ait été privatisée.

  Elle a encore dû se prendre un co-rail avec son collègue et dealer Louis Boyard…

- Emmanuel Macron a rendu hommage à Sœur André :

  "Morte à 118 ans après avoir travaillé jusqu'à 108 ans, voilà un exemple à suivre !"

- Le Gouvernement rappelle les consignes à suivre en cas de nouvelle panne des numéros d'urgence :

  "Contactez directement les pompes funèbres !"

- Les opposants à la réforme des retraites ont réagi au déplacement d'Emmanuel Macron à Barcelone, en pleine journée de mobilisation et de blocages :

  "On veut qu'il se Barça c'est sûr!"

- La chaîne CNews s'est félicitée de la mise en place d'un "index seniors".

  Ils peuvent, ils sont en passe de détrôner le Sénat et le Conseil Constitutionnel !

- Lu dans la presse :

  "Après le vote des militants PS pour élire leur Premier Secrétaire, le parti est plus que jamais en crise."

  C'est ballot, pour une fois qu'un socialiste remporte une élection…

- Anne Hidalgo a annoncé la création à Paris d'un Code de la Rue.

  Depuis le temps qu'elle est à la rue, elle doit s'y connaître !

- Roselyne Bachelot a intitulé son livre "682 jours".

  Sachant que la durée maximale d'indemnisation chômage est de 730 jours, on peut dire qu'à la Culture, Roselyne était en fin de droits en attendant la retraite.

- L' ex - médecin, désormais Porte-Parole du Gouvernement, Olivier Véran, défend le report de l'âge légal :

  "64 ans ce n'est pas trop tard, c'est l'âge de l'arthrite !"

- Olivier Faure a trouvé l'argument imparable pour justifier sa réélection à la tête du PS :

  "Nicolas Mayer-Rossignol ne peut pas avoir gagné. Il était soutenu par Anne Hidalgo !"

- Condamné pour violences conjugales, Adrien Quatennens a été exclu du Parti de Gauche.

  On ne pourra pas dire que les mélenchonistes ne tiennent pas leurs promesses.

  Ils instaurent la retraite à 32 ans !

- Après l'explosion de l'usine Lubrizol et l'incendie de celle de Bolloré Logistics, le maire de Rouen, Nicolas Mayer-Rossignol vient de faire imploser ce qui restait du Parti Socialiste !

- Raphaël Dupond-Moretti, le fils du Ministre de la Justice, a été placé en garde à vue pour violence conjugales.

  Comme son père, il n'a aucun respect pour la robe !

- Le Ministre de la Santé, François Braun, est revenu sur la panne des numéros d'urgence d'il y a quelques jours :

  "Il faut que le système continue sa mue."

- Élisabeth Borne a justifié le rapatriement de Syrie de 32 enfants de djihadistes de Daesh :

  "Faut bien des gosses pour payer les retraites !"

- Vote du projet de loi "d'accélération nucléaire" :

  Fusion ou fission, il faut y aller fissa !

- Pendant la manifestation contre la réforme des retraites, après avoir reçu plusieurs coups de matraque dans l'entrejambe, un photographe de presse a dû subir l'ablation d'un testicule.

  En France, à chaque manif ça part en couille !

- "Bordélisation du Pays"

  C'est vrai que quand on voit l'état de notre pays et de ses hôpitaux, écoles, transports...

  Gérald Darmanin et ses collègues du Gouvernement en connaissent un rayon en la matière !

- Après la Chandeleur, Emmanuel Macron surenchérit :

  «Les Français sont des fainéants.

  Hier nombreux sont ceux qui ont fait la crêpe.»

- C'est n'importe quoi cette réforme des retraites.

  Normalement les vieux ne meurent pas dans l'usine...

  Mais dans l'urine !

- Olivier Dussopt a réagi aux soupçons de favoritisme dont il fait l'objet de la part du Parquet National Financier.

  Pour sa défense, il a annôné :

  «Comme par hasard, ça SAUR au moment de la réforme des retraites. »

- Le porte-parole du Gouvernement a réagi à la nouvelle loi entrée en vigueur, qui prévoit que les locataires qui auront des impayés de loyer pourront dorénavant aller en prison :

  «Au moins, ils seront relogés !»

- Alors que de nombreux membres de la majorité présidentielle reprochaient à Olivier Dussopt de ne pas être assez connu du grand public, maintenant qu'il a une affaire au cul comme les autres, voilà le problème résolu !

- Lu dans la presse :

  «Le Gouvernement veut restreindre l'accès aux contenus pornographiques.»

  C'est pour éviter que Gérald Darmanin ne nous traite encore de branleurs ?

- Le Sénat lance une commission d'enquête "pour faire toute la lumière sur le fonctionnement opaque de TikTok."

  Et pour ça, rien de mieux que des vieux toc-toc !

- Une partie de la gauche revendique le droit à la paresse.

  La droite, elle, s'y oppose vent debout.

  Pourtant, quand on voit le nombre d'affaires d'emplois fictifs qu'ils traînent, on se dit qu'eux aussi ils n'aiment pas trop travailler non plus !

- Dans l'affaire des assistants parlementaires européens, le Parquet reproche à François Bayrou d'être "responsable du système frauduleux" mis en place au Modem.

  On le savait bien que le centriste faisait partie du milieu !

- Les députés Renaissance ont refusé de voter le repas à 1 euro pour les étudiants afin de ne pas "favoriser les fils de millionnaires."

  C'est sûr que ces derniers sont plus repas au Costes que repas low cost !

- Le Ministre du Travail a annoncé qu'il allait changer de prénom :

  "Avec toutes les critiques et insultes que j'essuie, je vais me faire appeler Dussopt Alain !"

- LFI n'a de cesse de dénoncer une réforme des retraites qui va toucher les femmes.

  Pourtant, ça devrait bien lui plaire, ça, à Eric Coquerel ?

- Hier s'est ouvert le procès intenté à Gérald Darmanin par l'Imam Iquioussen :

  "Il ment. Je n'ai que quatre femmes en Belgique, pas dix femmes à Sion !"

- Frondeur du PS opposé à la réforme Touraine, voilà aujourd'hui Olivier Dussopt devenu ministre macroniste et chargé de l'actuelle.

  La réforme de l'heureux traître !

- Lu dans la presse :

  "Le Bazar de l'Hôtel de Ville sur le point d'être vendu."

  Rassurez-vous, il restera toujours le bordel de la Mairie de Paris.

- Lu dans la presse :

  "Gérald Darmanin propose le retrait du permis en cas de conduite sous l'empire de la drogue."

  Sur ce point, il faut reconnaître que nos politiques ont toujours été irréprochables.

  Ils prennent des chauffeurs !

- Hier, à Rungis, Emmanuel Macron était à la rencontre de "ceux qui se lèvent tôt".

  Et concernant sa réforme des retraites, ils ne réclament qu'un seul droit, le veto !

- Jean-Pierre Raffarin a été fait Grand-Croix de la Légion d'Honneur par Emmanuel Macron.

  En voilà encore un qui a bien roulé sa bosse.

- Quand on voit des députés ivres, et même certains qui vomissent à la buvette de l'Assemblée, on se dit que l'alcool ne devrait pas seulement être interdit au volant, mais aussi à ceux qui conduisent le pays.

- Lu dans la presse :

  "On ne compte plus les Députés ivres et qui vont même jusqu'à vomir à après un passage à la buvette de l'Assemblée."

  Déjà que même sans boire tous ces politiques sont à gerber…

- Lu dans la presse :

  "Certains députés sont ivres, ça vide les tonneaux à vitesse grand V."

  Il n'y a pas que l'examen des projets de loi qui est vite torché !

- Dîner à 100.000 euros payé par la Région Auvergne-Rhône-Alpes :

  Pour Wauquiez, c'était perquisitions au menu.

  Espérons qu'au niveau judiciaire aussi il va bien manger !

- Orange augmente le tarif de tous ses forfaits d'un à deux euros.

  C'est la double peine pour Nicolas Sarkozy, avec le sien et celui au nom de Paul Bismuth !

- Emmanuel Macron est en Afrique.

  Il veut aussi leur proposer un plan de sobriété sur l'eau ?

- Lu dans la presse :

  "Au Salon de l'Agriculture, l'alcool coule à flots. Des tas de bouteilles vides et des traces de vomi sont visibles un peu partout."

  On se croirait à l'Assemblée Nationale !

- Emmanuel Macron n'avait pas besoin d'aller en Afrique.

  Les Français en ont déjà marre, à bout de l'entendre répéter :

  "Il va falloir faire des sacrifices !"

- Aujourd'hui, c'était un mardi noir !

  Hmmmm, il doit être ravi Emmanuel Macron…

- Interrogé sur le sujet au retour de son dernier voyage, Emmanuel Macron a dit ne pas savoir si l'homme africain était rentré ou non dans l'Histoire.

  En revanche, il est certain qu'Emmanuel voudrait bien rentrer dans l'homme africain !

- Lu dans la presse :

  "Le Sénat a adopté l'article 7 sur le report de l'âge légal de la retraite à 64 ans."

  Faire voter une réforme des retraites dans un EPHAD par des vieillards à l'article de la mort, fallait oser !

- Réforme des retraites :

  Le Sénat a adopté le projet de loi par 195 vieux contre 112.

- La Présidente de la région Ile-de-France a déposé plainte contre le député LFI Louis Boyard qui a lancé un challenge TikTok appelant au blocus des lycées.

  Valérie Pécresse, à qui les Français ont fait blocus pour l'Élysée en la renvoyant à ses chères études.

- Gérald Darmanin minimise la hausse conséquente des vols à l'arraché :

  "Les voleurs de téléphones ne sont pas des délinquants, ils nous aident juste à être moins dépendants des écrans."

- À Paris, les éboueurs poursuivent leur grève.

  En même temps, on les comprend.

  Si on te fait ramasser les poubelles jusqu'à 64 ans, à la fin, c'est toi le déchet !

- Le Garde des Sceaux affirme que l'on a mal interprété ses trois bras d'honneur.

  Au contraire, comme il se doigt !

- Une réforme de droite qui emmerde la gauche.

  Et en même temps, une réforme de gauche qui emmerde la droite.

  Pas de doute, le projet de loi sur les retraites est bien macroniste !

- La Présidente macroniste de l'Assemblée Nationale s'en est pris au Député LFI Louis Boyard et son appel au blocage des lycées, en twittant:

  "La politique, ce n'est pas un challenge TikTok."

  On pourrait ajouter : ni un concours d'anecdotes avec McFly et Carlito !

- Élisabeth Borne a annoncé le remboursement par la Sécu des protections périodiques réutilisables.

  Mais pour ce qui est de suer sang et eau au travail jusqu'à 64 ans, elle s'en tamponne !

- Réforme des retraites :

  Après Éric Dupond-Moretti et ses trois bras d'honneur à l'Assemblée, c'est au tour d'Élisabeth Borne et d'Emmanuel Macron de faire 49 doigts !

- La Première Ministre dit ne pas voir de problème au recours au 49.3.

  Au royaume des aveugles, les Borne sont rois !

- Emmanuel Macron a réagi à l'actualité :

  "Pour les poubelles comme pour les manifs, je souhaite qu'il n'y ait pas un rat dans les rues de Paris !"

- Quand on regarde ce qui se passe dans les rues, on voit bien que le onzième 49.3 est une erreur…manifeste !

- Gabriel Attal a reconnu que le Gouvernement cherchait à économiser rapidement plusieurs milliards sur les prestations sociales.

  Un nouveau tour de vice !

- Malgré la situation critique dans la capitale, Anne Hidalgo persiste dans son soutien aux éboueurs en grève, en refusant de les réquisitionner.

  Elle est déchet née !

- Selon la police, il y a avait environ 80.000 manifestants hier à Paris.

  Et un peu plus de 6 millions selon la CGT…en comptant les rats.

- Lu dans la presse :

  "Plusieurs participants au Conseil National de la Refondation, doutant de son utilité, en ont claqué la porte."

  C'est rien, CNR qui lâchent !

- Emmanuel Macron s'est personnellement investi pour faire libérer le journaliste Olivier Dubois, retenu en otage au Sahel.

  Que ne ferait-il pas pour serrer de nouveau un beau black dans ses bras !

- Intervention télévisée du Président :

  Emmanuel Macron persiste et signe à traiter les Français de fainéants.

  Voilà le résumé de l'interview qu'il donnait mercredi depuis le Palais de l'Enlisé.

- Lu dans la presse :

  "Mercredi dernier, Emmanuel Macron a retiré sa montre en pleine interview télévisée."

  Pourtant, il aime se faire casser son verre de montre !

- Emmanuel Macron l'a annoncé à la veille du ramadan, il veut durcir les conditions d'octroi du RSA :

  "Au boulot les jeûnes !"

- Pourquoi François Hollande, a-t-il toujours roulé en scooter ?

  Parce qu'il n'a pas qu'une seule ex !

- Entendu à la radio :

  "Face à la crise sociale et sécuritaire, Macron redescend dans l'arène."

  C'est pour ça que Camilla a demandé à Charles d'annuler leur visite en France ?

- Le site internet de l'Assemblée Nationale a été piraté par des hackers russes.

  Heureusement qu'on nous le dit, parce qu'il ne sert tellement à rien qu'autrement on ne s'en serait pas aperçu !

- Des hackers russes ont revendiqué le piratage du site internet de l'Assemblée Nationale.

  Sûrement pour se venger des Députés français qui consomment plus de Jet27 que de vodka à la buvette !

- Le Gouvernement annonce entamer trois semaines de consultations.

  C'est sûr qu' à leur place, j'irais consulter en urgence…

SPORT

- Les Jeux Asiatiques d'hiver 2029, auront lieu en Arabie Saoudite.

  Les bronzés vont refaire du ski !

- Lorient est actuellement troisième du Championnat de France de football.

  Les merlus font trembler les filets.

- Le Prince Ben Salmane s'est félicité de la désignation de l'Arabie Saoudite pour accueillir les Jeux Asiatiques d'Hiver 2029.

  Le Mecque créant une station de ski dans le désert...

- Kylian Mbappé veut quitter le PSG dès janvier 2023.

  Pour rejoindre l'équipe des Grosses Têtes ?

- Nicolas Sarkozy se défend d'être intervenu dans l'attribution de la Coupe du Monde au Qatar en échange du rachat du PSG et d'une commande d'avions Rafale par l'Émirat :

  "Je ne suis pas très fan de ballon..."

  Sa réponse est plate, il nie !

- Karim Benzema a remporté le Ballon d'Or.

  Et Kylian Mbappé, le Melon d'Or.

- Le parcours du marathon des JO de Paris 2024 a été dévoilé !

  Quel que soit leur parcours, pour les Franciliens c'est déjà le marathon tous les jours, pour se déplacer

- Il y a tellement de cadavres dans les placards du club parisien, que Kylian Mbappé a décidé de quitter le PFG !

- Franck Ribéry a annoncé qu'il se retirait.

  C'est Zahia qui doit être soulagée !

- Route du Rhum: 2 morts en Guadeloupe.

  On le rappelle, boire ou conduire, il faut choisir !

- Paul Pogba est forfait pour la Coupe du Monde.

  Son frère aussi a commis beaucoup de forfaits…

- Le Qatar a engagé des supporters indiens pour encourager d'autres nations pendant la compétition :

  "Bombay, faut bien le reconnaître… C'est pas un Delhi, on caste les meilleurs pour mettre de l'ambiance dans les stades et éviter que tout le monde roupie !"

  Encore une affaire dont ils ne sortiront pas Gandhi…

- Emmanuel Macron a dit : "il ne faut pas politiser le sport."

  Évidemment.

  Tout le monde sait que le Qatar a obtenu l'organisation de la Coupe du Monde sur des critères sportifs…

- Au Qatar, il y a plus d'ouvriers enterrés sous les tribunes que de spectateurs dedans.

- Coupe du Monde :

  Le Qatar a prévenu les équipes participantes quant au strict respect des consignes :

  "Vous devez obéir au Doha et à l'œil !"

- Suite au forfait de Karim Benzema pour toute la Coupe du Monde, Olivier Giroud a remercié Paul Pogba de lui avoir transmis les coordonnées de son marabout.

- Sur les réseaux sociaux certains achètent des followers venus d'Inde ou du Pakistan.

  Le Qatar fait de même pour ses stades !

- Coupe du Monde :

  L'Arabie Saoudite a créé la surprise en battant l'Argentine.

  Comme quoi, même chez les footballeurs, l'Argentin ne fait pas le bonheur !

- Coupe du Monde :

  Les Japonais ont envoyé les Allemands au tapis.

  Ce sont vraiment les rois du petit ippon !

- Lu dans la Presse :

  "Rien que sur les six premiers matches de la Coupe du Monde au Qatar, le temps additionnel a représenté plus de 90 minutes."

  Quand on vous dit que tout augmente !

- Au Qatar, de nombreux supporters se plaignent de la climatisation dans les stades.

  Déjà qu'ils avaient été bien refroidis par l'interdiction de vente d'alcool...

- Les Belges se montrent très sévères après l'élimination de leur équipe dès la phase des poules de la Coupe du Monde :

  "Au diable les rouges !"

- Pour la première fois, une femme a arbitré un match de coupe du monde masculine.

  Les temps changent, ce ne sont plus les femmes qui se font siffler !

- Eden Hazard a annoncé prendre sa retraite internationale.

  4 ans après avoir pris celle de footballeur professionnel…

- Dans un journal britannique, des dirigeants qataris ont reconnu que pour éviter que leurs stades ne sonnent creux, ils avaient invité à leur Coupe du Monde des supporters, tous frais payés.

  Contrairement aux ouvriers qui ont construit lesdits stades…

  Et clim comprise !

- Qu'est- ce qu'on nous Rabat les oreilles avec France-Maroc !

- Il n'y a pas de débat entre Rabiot, Fofana ou Tchouaméni.

  Le meilleur à la récupération, ça reste Macron !

- Suite à l'élimination du Maroc en demi-finale, Manuel Valls aurait appelé le sélectionneur Walid Regragui pour lui demander un maroquin…

- Après la défaite de la France en finale du Mondial contre l'Argentine, Élisabeth Borne a des regrets :

  "Plutôt que le 4-3-3, là aussi, j'aurais peut-être dû utiliser le 49-3…"

- Lu dans la presse :

  "Contrairement à ce qu'annonce la presse de son pays, le maître à jouer de l'équipe de Croatie, Luka Modric, ne compte pas prendre sa retraite internationale."

  N'en déplaise aux journalistes acerbes, si le boss nie, ce n'est pas encore la fin de carrière pour le cerveau croate !

- Qui a dit que la France n'avait fait aucun geste envers la communauté LGBT pendant la Coupe du Monde au Qatar ?

  Et Macron qui tripote tous les joueurs alors ?!

- Foot :

  Après d'interminables négociations, la nouvelle pépite brésilienne a enfin signé au Real Madrid :

  ♫ Endrick, dis-moi oui ! ♫

- Lu dans la presse :

  "Cristiano Ronaldo va poursuivre sa carrière loin du haut niveau, dans un club saoudien."

  Sa signature en Arabie Saoudite, Al Nassr qu'à remplir son compte en banque.

- Dimanche 1er janvier, le PSG a été sévèrement battu 3 à 1 au Stade Bollaert par les Sang et Or.

  Normal, c'était le jour de Lens !

- Noël Le Graët a été mis en retrait de ses fonctions de Président par le Comité Exécutif de la FFF.

  Il valait mieux, car d'après ses victimes, il n'est pas du genre à se retirer !

- L'ancien gardien de l'équipe de France et Président de la Ligue Professionnelle de Handball, Bruno Martini, a été condamné pour détournement de mineur et détention d'images pédopornographiques.

  Encore un barjot !

- Tant au niveau alcool que sexuellement, Noël Le Graët en a couché plus d'une !

- Une enquête a été ouverte contre le PSG pour travail dissimulé.

  Au regard des derniers résultats, c'est vrai qu'on a du mal à voir que les joueurs font le boulot…

- Le défenseur du PSG Achraf Hakimi a été mis en examen pour viol, ce qu'il réfute catégoriquement :

  "Je m'entrainais juste au marquage à la culotte !"

- Irritées par ses remarques acerbes et agressives, les joueuses de l'équipe de France féminine de football ont finalement obtenu la tête de leur sélectionneuse.

  Elles reprochaient à Corinne un management dit âcre.

- Achraf Hakimi, prétend que la jeune femme qui l'accuse de viol, cherchait à lui faire payer une relation tarifée.

  Un joueur du PSG qui fait une mauvaise passe, c'est fréquent !

- Après avoir débarqué la sélectionneuse de l'équipe de France féminine, la Fédération Française de Football se justifie :

  "Avec le départ de Diacre on espère que tout rentrera dans l'ordre."

- Le PSG a un nouveau slogan inspiré de la devise française :

  "Liquidités et Galtier, saison niquée !"

- Plusieurs collaboratrices de la FFF se sont plaintes de l'attitude de leur ex-Président :

  "Il voulait nous prendre en Le Graët !"

  Alors que l'intéressé continue de nier farouchement. Difficile de démêler levrette du faux…

TABLE DES MATIÈRES